Collection de M. FABRE (de Clermont), Artiste Verrier.

Vente du Lundi **27** Avril **1863**

OBJETS D'ART

et

TABLEAUX

M⁰ **DELBERGUE-CORMONT**, Commissaire-Priseur.

M. FEBVRE, Expert.

PARIS—1863

RENOU & MAULDE

Imprimeurs de la Compagnie des Commissaires-Priseurs

RUE DE RIVOLI, 144

CATALOGUE

D'UNE COLLECTION

D'OBJETS D'ART

ET DE CURIOSITÉ

DES XIe, XIIe, XIIIe, XIVe ET XVe SIÈCLES

Châsses, Croix, Plaques et Christs

TRÈS-BELLES VIERGES EN ARGENT & EN CUIVRE

Des XIVe et XVe Siècles

QUELQUES TABLEAUX ANCIENS

LE TOUT

Provenant de la Collection de M. FABRE

ARTISTE VERRIER DE CLERMONT

DONT LA VENTE AURA LIEU

HOTEL DES COMMISSAIRES-PRISEURS

Rue Drouot, n° 5

SALLE N° 2

Le Lundi 27 Avril 1863, à une heure.

Me **DELBERGUE-CORMONT**, Commissaire-Priseur,
rue de Provence, 8,
Assisté de **M. FEBVRE**, Expert, rue Laffitte, 12,
Chez lesquels se distribue le Catalogue.

EXPOSITION PUBLIQUE

Le Dimanche 26 Avril 1863, de midi à cinq heures.

—

1863

CONDITIONS DE LA VENTE.

Elle se fera au comptant.

Les adjudicataires paieront CINQ centimes par franc, applicables aux frais, en sus des enchères.

DÉSIGNATION

DES OBJETS

CROIX, CHASSES, CUSTODES

Et Plaques byzantines en cuivre émaillé.

1 — Grande et belle châsse bysantine du xi⁰ siècle, en cuivre gravé avec crête à jour, surmontée d'une croix. Sur le devant, six figures en émail champ-levé, avec têtes en relief, la Vierge, Jésus et quatre saints ; sur les côtés, saint Paul et saint Pierre ; au revers, six médaillons émaillés représentant des rois, deux princesses à cheval, puis les martyres de saint Jean et de saint Laurent. Pièce du plus haut mérite.

2 — Petite châsse bysantine, émail à champ-levé, avec sujet : le massacre d'un évêque.

3 — Une autre avec figures en relief, émaillées avec cabochons.

4 — Autre plus petite, émail uni, alterné de bustes de saints.

5 — Croix processionnelle en argent repoussé, ornée de médaillons de saints, en émail translucide et de cabochons, les extrémités terminées par des boules en cuivre.

6 — Autre croix de la même époque en argent gravé, les extrémités ayant la forme de fleurs de lis.

7 — Huit autres croix des XIIe, XIIIe, XIVe et XVe siècles. Seront divisées.

8 — Treize custodes bysantines en cuivre émaillé, dont plusieurs fort intéressantes, les unes avec sujets, les autres avec riches ornements en couleur. — Une autre en cuivre doré avec inscriptions gothiques. Seront divisées.

9 — Châsse fleurdelisée en cuivre repoussé et argenté. Travail de l'époque de Louis XIV.

ÉMAUX DE LIMOGES & AUTRES

10 — École gothique. Émail de couleur. Saint Jean et l'agneau. Plaque, le haut cintré.

11 — Même époque. Émail de couleur. Le Christ mort et les saintes Femmes.

27 — Vingt et une plaques en émail de Limoges, par les Laudin et les Nouailher, représentant des saints et divers sujets.

28 — Bénitier, émail en couleur, par J. Laudin. Sainte Catherine.

29 — Un autre, par B. Nouailher. Saint François.

30 — Un autre, par le même. Sainte Famille.

31 — Un autre, par Laudin. L'Annonciation.

32 — Un Autre. Saint François priant.

33 — Une coupe en émail, forme lobée, avec fleurs en couleur; au fond saint Michel terrassant le démon.

34 — Quatre plaques émaillées, aux armes de la maison de Bourgogne. xvᵉ siècle.

35 — Une agrafe de chape en cuivre émaillé. Saint Nicolas en relief et des enfants, fond fleur-delisé. xvᵉ siècle.

IVOIRES

36 — Grand Christ en ivoire avec cadre en bois sculpté.

37 — Un autre plus petit, mais sans encadrement.

38 — Saint Jacques, figurine.

39 — Custode en ivoire, surmontée d'une croix.

40 — Saint Nicolas, bas-relief.

41 — Manche de couteau de chasse, lion accroupi.

42 — Poignée de canne, figure d'homme. Travail de la Sicile.

43 — Autre poignée, avec mascarons. Epoque de la Renaissance.

44 — Petite Vierge et Jésus. Groupe gothique espagnol.

45 — Bas-relief gothique. Deux saintes.

46 — Petite boîte à poudre, avec bas-reliefs. Deux scènes de la vie de Jonas

47 — Bas-relief, même époque, six figures : le Christ, la Vierge et des saints.

VIERGES DES XIVᵉ & XVᵉ SIÈCLES

48 — Vierge et Jésus, en argent, partie dorée, socle octogone formant reliquaire; sur le socle la marque de l'orfèvre. Belle pièce digne d'un musée. Travail du XVᵉ siècle.

49 — Vierge du XIVᵉ siècle, en cuivre repoussé, la main mobile, le haut du manteau et le diadème ornés de cabochons. Pièce rare.

50 — Autre Vierge et l'Enfant, en cuivre fondu et ciselé. Travail du XVᵉ siècle.

OBJETS DIVERS

51 — Un baiser de paix avec bas-relief en cuivre à sujet, l'Ascension.

52 — Jésus en croix, bas-relief gothique en bois sculpté.

53 — Petit coffret, reliquaire en os. Garniture en cuivre.

54 — Deux médaillons en cuivre repoussé. Charlemagne et saint Jacques.

55 — Deux brule-encens en cuivre argenté de l'époque de Louis XIII.

56 — Un autre plus petit.

57 — Deux encensoirs en cuivre ciselé et repercé à jour, riches d'ornements. Travail de l'époque de Louis XIII.

58 — Un autre à ogives.

59 — Petit coffret garni en fer et en cuivre, de l'époque de la Renaissance.

60 — Petit reliquaire en bois ayant la forme d'un aigle à deux têtes ; il est à compartiments contenant des reliques.

61 — Six reliquaires en cuivre, du xɪvᵉ, xvᵉ et xvɪᵉ siècle.

62 — Un autre formant une croix.

63 — Deux bénitiers en cuivre avec bas-relief et Christ en croix.

80 — Plusieurs morceaux de tapisserie; travail du xvie siècle, quelques unes brodées en fin.

81 — Plusieurs autres morceaux réprésentant des sujets ayant trait à la vie de Jésus.

82 — Quatre dos de fauteuils en tapisserie des Gobelins, avec figures.

83 — Quatre glaces Louis XIII, dans leurs cadres noirs guillochés.

84 — Un autre de même époque, avec cadre orné d'appliques en cuivre repoussé.

85 — Deux appliques Louis XVI en cuivre doré, à deux lumières.

86 — Deux autres à une lumière.

87 — Trois flambeaux en cuivre argenté, même époque.

88 — Vases aiguières en étain, avec décor rouge et or.

89 — Cornet en porcelaine de Chine, fond vert et émaillé rose; diverses parties avec caractères chinois.

90 — Vingt-quatre médailles religieuses, dans un cadre en bois doré et sculpté.

91 — Quelques divinités égyptiennes en bronze et terre émaillée.

92 — Plusieurs figurines chinoises en pierre de lard.

93 — Petite mandoline incrustée d'ivoire et d'écaille.

94 — Porte-liqueur avec quatre flacons, une coupe, un petit gobelet et les boutons en argent déré ; botte en vernis Martin.

95 — Plusieurs miniatures anciennes sur ivoire et sur vélin.

96 — Un plateau en laque noire du Japon.

97 — Quelques cachets en fer et en cuivre.

98 — Sous ce numéro, les objets omis.

TABLEAUX ANCIENS

CORTONI (Piétro).

99 — Tête d'ange.

CIGNANI (Carlo).

100 — Le Christ apparaissant à la Vierge.

101 — L'Annonciation.

FRANCK.

102 — L'Adoration des Mages.

HEEM (David de).

103 — Fruits et huîtres sur une table.

HERP (Van).

104 — La Fuite en Égypte.

LEBRUN (Attribué à).

105 — Portrait d'homme.

VALIN.

106 — Paysage avec figures et animaux.

ZORG.

107 — Cuisine avec ustensiles à terre.

INCONNU.

108 — Les Emblèmes de la mort.

ÉCOLE FRANÇAISE.

109 — Portrait d'un officier supérieur, époque de Louis XV.

110 — Paysage avec cours d'eau et figures. Gouache.

111 — Plusieurs tableaux peints sur cuivre, de différents maîtres.

112 — Napoléon à Waterloo. (Lithographie encadrée).

Renou et Maulde, imprimeurs de la Compagnie des Commissaires-Priseurs, rue de Rivoli, 144.　　22180

une table — 520
un bahut 170 —
une crédence 485 —
dressoir salle 51 —
un d 51 —
4 chaises — 122 —
grand meuble — 240 —

une custode — 72
" d — 61 —
" d — 42 —
deux d — 65 —
deux d — 57. W
deux d — 50. W.